REPONSE

AU DISCOURS

QUI A REMPORTÉ LE PRIX
DE L'ACADÉMIE DE DIJON.

SUR CETTE QUESTION :

Si le Rétabliſſement des Sciences
& des Arts a contribué à épurer,
les Mœurs.

PAR UN CITOYEN DE GENEVE.

M. DCC. LI.

RÉPONSE
AU DISCOURS
QUI A REMPORTÉ LE PRIX
DE L'ACADÉMIE DE DIJON.

SUR CETTE QUESTION:

Si le rétablissement des Sciences & des Arts a contribué à épurer les Mœurs.

Par un Citoyen de Genève.

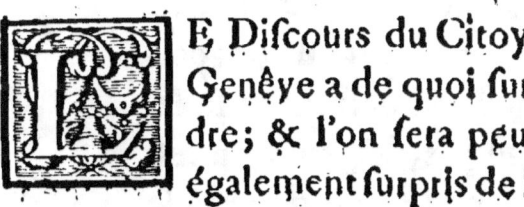

E Discours du Citoyen de Genève a de quoi surprendre; & l'on sera peut-être également surpris de le voir couronné par une Académie célébre.

Est-ce son sentiment particulier que l'Auteur a voulu établir? N'est-ce qu'un Paradoxe dont il a voulu amu-

ser le Public? Quoiqu'il en soit, pour
réfuter son opinion, il ne faut qu'en
examiner les preuves, remettre l'Anonyme vis-à-vis des vérités qu'il a adop-
tées, & l'opposer lui-même à lui-même:
Puissai-je, en le combattant par ses
principes, le vaincre par ses armes &
le faire triompher par sa propre défaite!

Sa façon de penser annonce un cœur
vertueux: Sa manière d'écrire décéle
un esprit cultivé: Mais s'il réünit effectivement la Science à la Vertu, & que
l'une (comme il s'efforce de le prouver) soit incompatible avec l'autre ;
comment sa doctrine n'a-t'elle pas cor-
rompu sa sagesse? ou comment sa sagesse ne l'a-t'elle pas déterminé à res-
ter dans l'ignorance? A-t'il donné à la
vertu la préférence sur la Science?
pourquoi donc nous étaler avec tant
d'affectation une érudition si vaste & si
recherchée? A-t'il préféré, au contrai-

re, la Science à la Vertu ? pourquoi donc nous prêcher avec tant d'éloquence celle-ci au préjudice de celle-là ? Qu'il commence par concilier des contradictions si singuliéres, avant que de combattre les notions communes ; avant que d'attaquer les autres, qu'il s'accorde avec lui-même.

N'AUROIT-IL prétendu qu'exercer son esprit & faire briller son imagination ? Ne lui envions pas le frivole avantage d'y avoir réussi : Mais que conclure en ce cas de son Discours ? ce qu'on conclut après la lecture d'un Roman ingénieux ; en vain un Auteur prête à des fables les couleurs de la vérité, on voit fort bien qu'il ne croit pas ce qu'il feint de vouloir persuader.

POUR moi, qui ne me flate, ni d'avoir assez de capacité pour en appréhender quelque chose au préjudice de mes mœurs, ni d'avoir assez de vertu

A iij

pour pouvoir en faire beaucoup d'honneur à mon ignorance, en m'élevant contre une opinion si peu soutenable, je n'ai d'autre intérêt que de soutenir celui de la vérité. L'Auteur trouvera en moi un Adversaire impartial ; je cherche même à me faire un mérite auprès de lui en l'attaquant; tous mes efforts, dans ce combat, n'ayant d'autre but que de réconcilier son esprit avec son cœur, & de me procurer la satisfaction de voir réunies dans son ame, les Sciences que j'admire avec les Vertus que j'aime.

PREMIERE PARTIE.

LES Sciences servent à faire connoître le vrai, le bon, l'utile en tout genre: Connoissance précieuse qui, en éclairant les esprits, doit naturellement contribuer à épurer les mœurs.

La vérité de cette proposition, n'a

besoin que d'être présentée pour être
crue : Aussi ne m'arrêterai-je pas à la
prouver ; je m'attache seulement à réfuter les sophismes ingénieux de celui
qui ose la combattre.

De's l'entrée de son Discours, l'Auteur offre à nos yeux le plus beau spec-
tacle ; il nous représente l'Homme aux
prises, pour ainsi dire, avec lui-même,
sortant en quelque manière du néant
de son ignorance ; dissipant par les efforts de sa raison les ténébres dans les-
quels la nature l'avoit enveloppé ; s'é-
levant par l'esprit jusques dans les plus
hautes sphéres des régions célestes ;
asservissant à son calcul les mouve-
mens des Astres, & mesurant de son
compas la vaste étenduë de l'Univers ;
rentrant ensuite dans le fonds de son
cœur & se rendant compte à lui-même
de la nature de son ame, de son excellence, de sa haute destination.

A iv

Qu'un pareil aveu, attaché à la vérité, est honorable aux Sciences ! Qu'il en montre bien la nécessité & les avantages ! Qu'il en a dû coûter à l'Auteur d'être forcé à le faire, & encore plus à le rétracter !

La Nature, dit-il, est assez belle par elle-même, elle ne peut que perdre à être ornée : Heureux les hommes, ajoûte-t'il, qui sçavent profiter de ces dons sans les connoître ! C'est à la simplicité de leur esprit qu'ils doivent l'innocence de leurs mœurs. La belle morale que nous débite ici le Censeur des Sciences & l'Apologiste des mœurs ! Qui se seroit attendu que de pareilles réflexions dûssent être la suite des principes qu'il vient d'établir !

La Nature d'elle-même est belle, sans doute ; mais n'est-ce pas à en découvrir les beautés, à en pénétrer les secrets, à en dévoiler les opérations,

que les Sçavans employent leurs recherches ? Pourquoi un si vaste champ
est-il offert à nos regards ? L'efprit fait pour le parcourir, & qui
acquiert dans cet exercice, si digne
de son activité, plus de force & d'é-
tenduë, doit-il se réduire à quelques
perceptions passagéres, ou à une stu-
pide admiration ? Les mœurs seront-
elles moins pures, parce que la raison
sera plus éclairée ? Et à mesure que le
flambeau qui nous est donné pour nous
conduire, augmentera de lumiéres,
notre route deviendra-t'elle moins ai-
sée à trouver, & plus difficile à tenir ?
A quoi aboutiroient tous les dons que
le Créateur a faits à l'homme, si, borné
aux fonctions organiques de ses sens,
il ne pouvoit seulement examiner ce
qu'il voit, réfléchir sur ce qu'il entend,
discerner par l'odorat les rapports
qu'ont avec lui les objets, supléer par

le tact au défaut de la vuë, & juger par le goût de ce qui lui est avantageux ou nuisible? Sans la raison qui nous éclaire & nous dirige, confondus avec les Bêtes, gouvernés par l'instinct, ne deviendrions-nous pas bien-tôt aussi semblables à elles par nos actions, que nous le sommes déja par nos be-soins? Ce n'est que par le secours de la réflexion & de l'étude, que nous pouvons parvenir à régler l'usage des choses sensibles qui sont à notre por-tée, à corriger les erreurs de nos sens, à soumettre le corps à l'empire de l'es-prit, à conduire l'ame, cette substance spirituelle & immortelle, à la connois-sance de ses devoirs & de sa fin.

Comme c'est principalement par leurs effets sur les mœurs, que l'Au-teur s'attache à décrier les Sciences; pour les vanger d'une si fausse impu-tation, je n'aurois qu'à rapporter ici

les avantages que leur doit la Société;
mais qui pourroit détailler les biens
fans nombre qu'elles y apportent, &
les agrémens infinis qu'elles y répan-
dent? Plus elles font cultivées dans
un Etat, plus l'Etat eſt floriſſant; tout
y languiroit fans elles.

QUE ne leur doit pas l'Artiſan, pour
tout ce qui contribue à la beauté, à
la folidité, à la proportion, à la per-
fection de fes ouvrages? le Laboureur, pour les différentes façons de
forcer la terre à payer à fes travaux les
tributs qu'il en attend? le Médecin,
pour découvrir la nature des maladies,
& la propriété des remèdes? le Juriſ-
confulte, pour difcerner l'eſprit des
Loix & la diverſité des devoirs? le
Juge, pour démêler les artifices de la
cupidité d'avec la fimplicité de l'innocence, & décider avec équité des biens
& de la vie des hommes. Tout Citoyen,

de quelque profession, de quelque
condition qu'il soit, a des devoirs à
remplir; & comment les remplir sans
les connoître? Sans la connoissance de
l'Histoire, de la Politique, de la Religion, comment ceux qui sont prépo-
sés au gouvernement des Etats, sçau-
roient-ils y maintenir l'ordre, la subor-
dination, la sûreté, l'abondance?

La curiosité naturelle à l'homme,
lui inspire l'envie d'apprendre; ses be-
soins lui en font sentir la nécessité; ses
emplois lui en imposent l'obligation;
ses progrès lui en font goûter le plaisir.
Ses premiéres découvertes augmentent l'avidité qu'il a de sçavoir; plus
il connoît, plus il sent qu'il a de connoissances à acquérir; & plus il a de
connoissances acquises, plus il a de
facilité à bien faire.

Le Citoyen de Genève ne l'auroit-
il pas éprouvé? Gardons-nous d'en

troire à sa modestie. Il prétend qu'on seroit plus vertueux, si l'on étoit moins sçavant : Ce sont les Sciences, dit-il, qui nous font connoître le mal. Que de crimes, s'écrie-t'il, nous ignore-rions sans elles ! Mais l'ignorance du vice est-elle donc une vertu ? est-ce faire le bien que d'ignorer le mal ? Et si, s'en abstenir parce qu'on ne le con-noît pas, c'est là ce qu'il appelle être vertueux ; qu'il convienne du moins que ce n'est pas l'être avec beaucoup de mérite : c'est s'exposer à ne pas l'être long-tems ; c'est ne l'être que jusqu'à ce que quelque objet vienne solli-citer les penchans naturels , ou quel-que occasion vienne réveiller des pas-sions endormies. Il me semble voir un faux brave, qui ne fait montre de sa valeur que quand il ne se présente point d'ennemis : un ennemi vient-il à pa-roître, faut-il se mettre en défense ;

le courage manque, & la vertu s'éva-
noüit. Si les Sciences nous font connoître le mal, elles nous en font connoître aussi le reméde. Un Botaniste
habile sçait démêler les plantes salutai-
res d'avec les herbes venimeuses; tandis que le vulgaire, qui ignore également la vertu des unes & le poison des
autres, les foule aux pieds sans distinction, ou les cuëille sans choix. Un
homme éclairé par les Sciences, dis-
tingue dans le grand nombre d'objets
qui s'offrent à ses connoissances, ceux
qui méritent son aversion, ou ses recherches : il trouve dans la difformité
du vice & dans le trouble qui le suit,
dans les charmes de la vertu & dans
la paix qui l'accompagne, de quoi fixer
son estime & son goût pour l'une, son
horreur & ses mépris pour l'autre; il
est sage par choix, il est solidement
vertueux.

MAIS, dit-on, il y a des Pays, où fans fcience, fans étude, fans connoître en détail les principes de la Morale, on la pratique mieux que dans d'autres où elle eft plus connuë, plus louée, plus hautement enfeignée. Sans examiner ici, à la rigueur, ces paralléles qu'on fait fi fouvent de nos mœurs avec celles des anciens, ou des étrangers, paralléles odieux, où il entre moins de zéle & d'équité, que d'envie contre fes Compatriotes & d'humeur contre fes Contemporains : n'eft-ce point au climat, au tempérament, au manque d'occafion, au défaut d'objet, à l'œconomie du Gouvernement, aux Coutumes, aux Loix, à toute autre caufe qu'aux Sciences, qu'on doit attribuer cette différence qu'on remarque quelquefois dans les mœurs, en différens pays & en différens tems ? Rappeller fans ceffe cette fimplicité pri-

mitive dont on fait tant d'éloges ; fo
la repréfenter toujours comme la com-
pagne inféparable do l'innocence ,
n'eft - ce point tracer un portrait en
idée pour fe faire illufion ? Où vit-on
jamais des hommes fans défauts,
fans défirs, fans paffions ? Ne portons
nous pas en nous-mêmes le germe de
tous les vices ? Et s'il fut des tems , s'il
eft encore des climats où certains crimes foient ignorés , n'y vit-on pas d'autres défordres ? N'en voit-on pas encore de plus monftrueux chez ces Peuples dont on vante la ftupidité ? Parce
que l'Or ne tente pas leur cupidité,
parce que les honneurs n'excitent pas
leur ambition, en connoiffent-ils moins
l'orgüeil & l'injuftice ? Y font-ils moins
livrés aux baffeffes de l'envie , moins
emportés par la fûreur de la vengean-
ce ; leur fens groffiers font-ils inacce-
fibles à l'attrait des plaifirs ? Et à quels
excès

excès ne fe porte pas une volupté qui
n'a point de régles & qui ne connoît
point de freins ? Mais quand même,
dans ces Contrées fauvages, il y auroit
moins de crimes que dans certaines
Nations policées ; y a-t'il autant de
vertus ? Y voit-on fur-tout ces vertus
fublimes, cette pureté de mœurs, ce
défintéreffement magnanime, ces actions furnaturelles qu'enfante la Religion ? .

Tant de grands Hommes qui l'ont
défenduë par leurs ouvrages, qui l'ont
fait admirer par leurs mœurs, n'a-
voient ils pas puifé dans l'étude ces
lumiéres fupérieures qui ont triohphé
des erreurs & des vices ? C'eft le faux
bel-efprit, c'eft l'ignorance préfomp-
tueufe qui font éclore les doutes & les
préjugés ; c'eft l'orguëil, c'eft l'obfti-
nation qui produifent les fchifmes &
les héréfies ; c'eft le Pyrrhonifme, c'eft

B

l'incrédulité qui favorifent l'indépen-
dance, la révolte, les paffions, tous
les forfaits. De tels adverfaires font
honneur à la religion : Pour les vaincre, elle n'a qu'à paroître ; feule, elle
a de quoi les confondre tous ; elle ne
craint que de n'être pas affez connuë,
elle n'a befoin que d'être approfondie
pour fe faire refpecter ; on l'aime dès
qu'on la connoît ; à mefure qu'on l'ap-
profondit davantage, on trouve de
nouveaux motifs pour la croire, & de
nouveaux moyens pour la pratiquer :
Plus le Chrétien examine l'autenticité
de fes Titres, plus il fe raffure dans
la poffeffion de fa croyance ; plus il
étudie la révélation, plus il fe fortifie
dans la foi : C'eft dans les Divines
Ecritures qu'il en découvre l'origine
& l'excellence ; c'eft dans les doctes
Ecrits des Peres de l'Eglife qu'il en
fuit de fiécle en fiécle le développe-

ment ; c'eſt dans les livres de Morale
& les Annales ſaintes qu'il en voit les
exemples, & qu'il s'en fait l'application.

QUOI ! l'ignorance enlevera à la
Religion & à la vertu des lumiéres ſi
pures, des appuis ſi puiſſans ; & ce ſera
à elle qu'un Docteur de Genêve enſeignera hautement qu'on doit l'irré-
gularité des mœurs ! On s'étonneroit
davantage d'entendre un ſi étrange paradoxe, ſi on ne ſçavoit que la ſingularité d'un ſyſtême, quelque dangereux qu'il ſoit, n'eſt qu'une raiſon de
plus pour qui n'a pour régle que l'eſprit particulier. La Religion étudiée
eſt pour tous les hommes la régle infaillible des bonnes mœurs. Je dis
plus : l'étude même de la nature con-
tribuë à élever les ſentimens, à régler
la conduite ; elle raméne naturellement à l'admiration, à l'amour, à la

reconnoiſſance, à la ſoumiſſion què
toute ame raiſonnable ſent être duès
au Tout-Puiſſant. Dans le cours régu-
lier de ces globes immenſes qui rou-
lent ſur nos têtes, l'Aſtronome découvre une Puiſſance infinie. Dans la proportion exaɕte de toutes les parties qui
compoſent l'Univers, le Géométre
apperçoit l'eſſet d'une intelligence ſans
bornes. Dans la ſucceſſion des tems,
l'enchaînement des cauſes aux eſſets,
la végétation des plantes, l'organiſa-
tion des animaux, la conſtante uni-
-formité & la variété étonnante des différens phénoménes de la nature, le
Phyſicien n'en peut méconnoître l'Auteur, le Conſervateur, l'Arbitre & le
Maître.

De ces réflexions le vrai Philoſophe
deſcendant à des conſéquences pratiques, & rentrant en lui-même, après
avoir vainement cherché dans tous les

objets qui l'environnent, ce bonheur parfait après lequel il foupire fans ceffe, & ne trouvant rien ici bas qui réponde à l'immenfité de fes defirs; il fent qu'il eft fait pour quelque chofe de plus grand que tout ce qui eft créé; il fe retourne naturellement vers fon premier principe & fa derniére fin : Heureux fi docile à la Grace, il apprend à ne chercher la félicité de fon cœur que dans la poffeffion de fon Dieu !

SECONDE PARTIE.

ICI l'Auteur anonyme donne luimême l'exemple de l'abus qu'on peut faire de l'érudition, & de l'afcendant qu'ont fur l'efprit les préjugés. Il va fouiller dans les fiécles les plus reculés. Il remonte à la plus haute antiquité. Il s'épuife en raifonnemens & en recherches pour trouver des fuffrages qui accréditent fon opinion. Il cite des témoins qui attribuent à la culture

des Sciences & des Arts, la décadence
des Royaumes & des Empires : Il im-
pute aux Sçavans & aux Artistes le
luxe & la mollesse, sources ordinaires
des plus étranges révolutions.

Mais l'Egypte ; la Gréce, la Ré-
publique de Rome, l'Empire de la
Chine, qu'il ose appeller en témoignage en faveur de l'ignorance, au
mépris des Sciences & au préjudice
des mœurs, auroit dû rappeller à son
souvenir ces Législateurs fameux ; qui
ont éclairé par l'étendüe de leurs lumiéres, & réglé par la sagesse de leurs
Loix, ces grands Etats dont ils avoient
posé les premiers fondemens : ces
Orateurs célébres qui les ont soutenus
sur le penchant de leur ruine, par la
force victorieuse de leur sublime éloquence : ces Philosophes, ces Sages,
qui par leurs doctes écrits, & leurs
vertus morales, ont illustré leur Patrie,

& immortalifé leur nom.

Quelle foule d'exemples éclatans ne pourrois-je pas oppofer au petit nombre d'Auteurs hardis qu'il a cité ! Je n'aurois qu'à ouvrir les Annales du monde. Par combien de témoignages inconteftables, d'auguftes monumens, d'ouvrages immortels, l'Hiftoire n'attefte-t'elle pas que les Sciences ont contribué par-tout au bonheur des hommes, à la gloire des Empires, au triomphe de la Vertu !

Non, ce n'eft pas les Sciences; c'eft du fein des richeffes que font nés de tout tems la molleffe & le luxe; & dans aucun tems les richeffes n'ont été l'appanage ordinaire des Sçavans. Pour un Platon dans l'opulence, un Ariftipe accrédité à la Cour, combien de Philofophes réduits au manteau & & à la beface; enveloppés dans leur propre vertu & ignorés dans leur fo-

B iv

litude ! combien d'Homeres & dè
Diogenes , d'Epictetes & d'Esopes
dans l'indigence ! Les Sçavans n'ont
ni le goût ni le loisir d'amasser de grands
biens. Ils aiment l'étude; ils vivent
dans la médiocrité; & une vie laborieuse & modérée, passée dans le silence de la retraite , occupée de la lecture
& du travail , n'est pas assurément une
vie voluptueuse & criminelle. Les
commodités de la vie , pour être souvent le fruit des Arts , n'en sont pas
davantage le partage des Artistes ; ils
ne travaillent que pour les riches, &
ce sont les riches oisifs qui profitent
& abusent des fruits de leur industrie.

L'EFFET le plus vanté des Sciences
& des Arts, c'est, continuë l'Auteur,
cette politesse introduite parmi les
hommes, qu'il lui plaît de confondre
avec l'artifice & l'hypocrisie : Politesse,
selon lui, qui ne sert qu'à cacher les

défauts & à mafquer les vices. Vou-
droit-il donc que le vice parût à découvert; que l'indécence fût jointe au
défordre, & le fcandale au crime?
Quand, effectivement, cette politeffe
dans les manières ne feroit qu'un raf-
finement de l'amour-propre pour voi-
ler les foibleffes, ne feroit-ce pas encore un avantage pour la Société, que
le vicieux n'osât s'y montrer tel qu'il
eft, & qu'il fût forcé d'emprunter les
livrées de la bienféance & de la mo-
deftie? On l'a dit, & il eft vrai; l'hypocrifie, toute odieufe qu'elle eft en
elle-même, eft pourtant un hommage
que le vice rend à la vertu; elle garen-
tit du moins les ames foibles de la con-
tagion du mauvais exemple.

MAIS c'eft mal connoître les Sçavans que de s'en prendre à eux du cré-
dit qu'a dans le monde cette préten-
duë politeffe qu'on taxe de diffimula-

tion : on peut être poli fans être diffi-
mulé ; on peut affurément être l'un
& l'autre fans être bien fçavant ; &
plus communément encore on peut
être bien fçavant fans être fort poli.

L'AMOUR de la folitude ; le goût
d livres, le peu d'envie de paroître
dans ce qu'on appelle le Beau Monde ;
le peu de difpofition à s'y préfenter
avec grace, le peu d'efpoir d'y plaire ;
d'y briller, l'ennui inféparable des con-
verfations frivoles & prefque infuppor-
tables pour des efprits accoutumés à
penfer ; tout concourt à rendre les
belles compagnies auffi étrangeres
pour le Sçavant, qu'il eft lui-même
étranger pour elles. Quelle figure fe-
roit-il dans les Cercles ? Voyez-le avec
fon air rêveur, fes fréquentes diftrac-
tions, fon efprit occupé, fes expref-
fions étudiées, fes difcours fenten-
tieux, fon ignorance profonde des

modes les plus reçûs & des ufages
les plus communs ; bientôt par le ridi-
cule qu'il y porte & qu'il y trouve,
par la contrainte qu'il y éprouve &
qu'il y caufe, il ennuye; il eft ennuyé.
Il fort peu fatisfait, on eft fort content
de le voir fortir. Il cenfure intérieu-
rement tous ceux qu'il quitte; on raille
hautement celui qui part ; & tandis
que celui-ci gémit fur leurs vices,
ceux-là rient de fes défauts : Mais tous
ces défauts, après tout, font affez in-
différens pour les mœurs; & c'eft à
ces défauts que plus d'un Sçavant,
peut-être, a l'obligation de n'être pas
auffi vicieux que ceux qui le criti-
quent.

Mais avant le régne des Sciences
& des Arts, on voyoit, ajoûte l'Auteur, des Empires plus étendus, des
Conquêtes plus rapides, des Guerriers plus fameux. S'il avoit parlé moins

en Orateur & plus en Philofophe, il
auroit dit qu'on voyoit plus alors de
ces hommes audacieux, qui, tranfpor-
tés par des paffions violentes & traî-
nant à leur fuite une foule d'efclaves,
alloient attaquer des Nations tranqui-
les, fubjuguoient des Peuples qui igno-
roient le métier de la guerre, affujet-
tiffoient des Pays où les Arts n'avoient
élevé aucune barriére à leurs fubites
excurfions ; leur valeur n'étoit que fé-
rocité, leur courage que cruauté, leurs
conquêtes qu'inhumanité ; c'étoient
des torrens impétueux qui faifoient
d'autant plus de ravages, qu'ils ren-
controient moins d'obftacles : Auffi à
peine étoient-ils paffés, qu'il ne reftoit
fur leurs tracés que celles de leur fureur ; nulle forme de gouvernément,
nulle loi, nulle police, nul lien ne
retenoit & n'uniffoit à eux les peuples
vaincus.

QUE l'on compare à ces tems d'i-
gnorance & de barbarie, ces siécles
heureux, où les Sciences ont répandu
par-tout l'esprit d'ordre & de justice.
On voit de nos jours des guerres moins
fréquentes, mais plus justes; des actions moins étonnantes, mais plus héroïques; des victoires moins sanglan-
tes, mais plus glorieuses; des conquêtes moins rapides, mais plus assurées;
des Guerriers moins violens, mais
plus redoutés, sçachant vaincre avec
modération, traitant les vaincus avec
humanité; l'honneur est leur guide,
la gloire leur récompense. Cependant,
dit l'Auteur, on remarque dans les
combats une grande différence entre
les Nations pauvres, & qu'on appelle
Barbares, & les Peuples riches, qu'on
appelle policés. Il paroît bien que le
Citoyen de Genêve ne s'est jamais
trouvé à portée de remarquer de près

ce qui se passe ordinairement dans les
combats. Est-il surprenant que des
Barbares se ménagent moins & s'ex-
posent davantage ? Qu'ils vainquent ou
qu'ils soient vaincus, ils ne peuvent
que gagner s'ils survivent à leurs dé-
faites. Mais ce que l'espérance d'un
vil intérêt, ou plutôt ce qu'un déses-
poir brutal inspire à ces hommes san-
guinaires, les sentimens, le devoir
l'excitent dans ces ames généreuses
qui se dévoüent à la Patrie, avec cette
différence que n'a pu observer l'Auteur, que la valeur de ceux-ci, plus
froide, plus réfléchie, plus modérée,
plus sçavamment conduite, est par là
même toûjours plus sûre du succès.

MAIS enfin Socrate, le fameux Socrate s'est lui-même récrié contre les
Sciences de son tems ; faut-il s'en éton-
ner ? L'orgüeil indomptable des Stoïciens, la mollesse efféminée des Epi-

curiens, les raisonnemens absurdes des
Pyrrhoniens, le goût de la dispute,
de vaines subtilités, des erreurs sans
nombre, des vices monstrueux infec-
toient pour lors la Philosophie, &
dèshonoroient les Philosophes : C'é-
toit l'abus des Sciences, non les Sciences elles-mêmes, que condamnoit ce
grand homme ; & nous le condam-
nons après lui. Mais l'abus qu'on
fait d'une chose suppose le bon usage
qu'on en peut faire. De quoi n'a-
buse-t'on pas ? Et parce qu'un Auteur,
anonyme, par exemple, pour défen-
dre une mauvaise cause, aura abusé
une fois de la fécondité de son esprit
& de la légéreté de sa plume, faudra-
t'il lui en interdire l'usage en d'autres
occasions, & pour d'autres sujets plus
dignes de son génie ? Pour corriger
quelques excès d'intensférance, faut-
il arracher toutes les Vignes ? L'y-

vresse de l'esprit a précipité quelques
Sçavans dans d'étranges égaremens :
J'en conviens, j'en gémis. Par les discours de quelques-uns, dans les écrits
de quelques autres, la Religion a dé-
généré en hypocrisie ; la Piété en su-
perstition, la Théologie en erreur, la
Jurisprudence en chicanne, l'Astro-
nomie en Astrologie judiciaire, la Physique en Athéisme : Joüet des préjugés
les plus bisarres, attaché aux opinions
les plus absurdes, entêté des systêmes les plus insensés, dans quels écarts
ne donne pas l'esprit humain, quand,
livré à une curiosité présomptueuse, il
veut franchir les limites que lui a mar-
quée la même main qui a donné des
bornes à la Mer ? Mais en vain ses flots
mugissent, se soulevent, s'élancent avec
fureur sur les côtes opposées ; contraints de se replier bien-tôt sur eux-
mêmes, ils rentrent dans le sein de
l'Océan

l'Océan, & ne laiſſent ſur les bords
qu'une écume légére qui s'évapore à
l'inſtant, ou qu'un ſable mouvant qui
fuit ſous nos pas.

IMAGE naturelle des vains eſforts de
l'eſprit, quand échauſſé par les ſaillies
d'une imagination dominante, ſe laiſ-
ſant emporter à tout vent de doctrine ;
d'un vol audacieux il veut s'élever au-
delà de ſa ſphere, & s'efforce de pénétrer ce qu'il ne lui eſt pas donné de
comprendre.

MAIS les Sciences, bien loin d'au-
toriſer de pareils excès, ſont pleines
de maximes qui les réprouvent : & le
vrai Sçavant, qui ne perd jamais de
vûë le flambeau de la révélation, qui
fuit toûjours le guide infaillible de
l'autorité légitime, procéde avec ſû-
reté, marche avec confiance, avance à grands pas dans la carriére des

C

Sciences, se rend utile à la Société;
honore sa Patrie, fournit sa course
dans l'innocence, & la termine avec
gloire.

F I N.

OBSERVATIONS

DE

JEAN-JACQUES ROUSSEAU,

DE GENEVE,

Sur la Réponse qui a été faite à son
Discours.

M. DCC. LI.

OBSERVATIONS

DE

JEAN-JACQUES ROUSSEAU,

DE GENEVE.

Sur la Réponse qui a été faite à son Discours.

E devrois plutôt un remerciment qu'une réplique à l'Auteur Anonyme, qui vient d'honorer mon Discours d'une Réponse. Mais ce que je dois à la reconnoissance ne me fera point oublier ce que je dois à la vérité; & je n'oublierai pas, non plus, que toutes les fois qu'il est question de raison,

A ij

les hommes rentrent dans le droit de la Nature, & reprennent leur pre-mière égalité.

Le Discours auquel j'ai à répliquer est plein de choses très-vraies & très-bien prouvées, auxquelles je ne vois aucune Réponse : car quoique j'y sois qualifié de Docteur, je serois bien fâché d'être au nombre de ceux qui sçavent répondre à tout.

Ma défense n'en sera pas moins fa-cile. Elle se bornera à comparer avec mon sentiment les vérités qu'on m'ob-jecte ; car si je prouve qu'elles ne l'at-taquent point, ce sera, je crois, l'avoir assez bien défendu.

Je puis réduire à deux points prin-cipaux, toutes les Propositions éta-blies par mon Adversaire ; l'un ren-ferme l'éloge des Sciences ; l'autre traite de leur abus. Je les examinerai séparément.

Il semble au ton de la Réponse, qu'on seroit bien aise que j'eusse dit des Sciences beaucoup plus de mal que je n'en ai dit en effet. On y suppose que leur éloge qui se trouve à la tête de mon Discours, a dû me coûter beaucoup; c'est, selon l'Auteur, un aveu arraché à la vérité & que je n'ai pas tardé à rétracter.

Si cet aveu est un éloge arraché par la vérité, il faut donc croire que je pensois des Sciences le bien que j'en ai dit; le bien que l'Auteur en dit lui-même n'est donc point contraire à mon sentiment. Cet aveu, dit-on, est arraché par force : tant mieux pour ma cause; car cela montre que la vérité est chez moi plus forte que le penchant. Mais sur quoi peut-on juger que cet éloge est forcé? Seroit-ce pour être mal fait? ce seroit intenter un procès bien terrible à la sincérité des Auteurs,

que d'en juger fur ce nouveau principe. Seroit-ce pour être trop court?
Il me femble que j'aurois pû facile-
ment dire moins de chofes en plus de
pages. C'eft, dit-on, que je me fuis
rétracté; j'ignore en quel endroit j'ai
fait cette faute; & tout ce que je puis
répondre, c'eft que ce n'a pas été
mon intention.

La Science eft très-bonne en foi,
cela eft évident; & il faudroit avoir
renoncé au bon fens, pour dire le contraire. L'Auteur de toutes chofes eft
la fource de la vérité; tout connoître
eft un de fes divins attributs. C'eft
donc participer en quelque forte à la
fuprême intelligence, que d'acquérir
des connoiffances & d'étendre fes lu-
mières. En ce fens j'ai loüé le fçavoir,
& c'eft en ce fens que le loüe mon
Adverfaire. Il s'étend encore fur les
divers genres d'utilité que l'Homme

peut retirer des Arts & des Sciences ;
& j'en aurois volontiers dit autant, si
cela eût été de mon sujet. Ainsi nous
sommes parfaitement d'accord en ce
point.

Mais comment se peut-il faire, que
les Sciences dont la source est si pure
& la fin si loüable, engendrent tant
d'impiétés, tant d'hérésies, tant d'erreurs, tant de systêmes absurdes, tant
de contrariétés, tant d'inepties, tant
de Satyres ameres, tant de misérables
Romans, tant de Vers licentieux,
tant de Livres obscènes ; & dans ceux
qui les cultivent, tant d'orgueil, tant
d'avarice, tant de malignité, tant de
cabales, tant de jalousies, tant de men-
songes, tant de noirceurs, tant de ca-
lomnies, tant de lâches & honteuses
flatteries ? Je disois que c'est parce que
la Science toute belle, toute sublime
quelle est n'est, point faite pour l'hom-

me; qu'il a l'eſprit trop borné pour y
faire de grands progrès , & trop de
paſſions dans le cœur pour n'en pas
faire un mauvais uſage ; que c'eſt aſſez
pour lui de bien étudier ſes devoirs ,
& que chacun a reçu toutes les lumiéres dont il a beſoin pour cette étude.
Mon Adverſaire avouë de ſon côté
que les Sciences deviennent nuiſibles
quand on en abuſe , & que pluſieurs
en abuſent en effet. En cela , nous ne
diſons pas , je crois , des choſes fort
différentes ; j'ajoûte , il eſt vrai , qu'on
en abuſe béaucoup , & qu'on en abuſe.
toûjours , & il ne me ſemble pas que
dans la Réponſe on ait ſoutenu le
contraire.

Je peux donc aſſurer que nos principes ; & par conſéquent , toutes les
propoſitions qu'on en peut déduire
n'ont rien d'oppoſé , & c'eſt ce que
j'avois à prouver. Cependant , quand

nous venons à conclurre, nos deux conclufions fe trouvent contraires. La
mienne étoit que, puifque les Sciences
font plus de mal aux mœurs que de bien
à la fociété, il eut été à défirer que les
hommes s'y fuffent livrés avec moins
d'ardeur. Celle de mon Adverfaire eft
que, quoique les Sciences faffent beaucoup de mal, il ne faut pas laiffer de
les cultiver à caufe du bien qu'elles
font. Je m'en rapporte, non au Public,
mais au petit nombre des vrais Philofophes, fur celle qu'il faut préférer de
ces deux conclufions.

Il me refte de legéres Obfervations
à faire, fur quelques endroits de cette
Réponfe, qui m'ont paru manquer un
peu de la juftefle que j'admire volontiers dans les autres, & qui ont pû
contribuer par-là à l'erreur de la con-
féquence que l'Auteur en tire.

L'ouvrage commence par quelques

perſonnalités que je ne relevérai qu'autant qu'elles ſeront à la queſtion. L'Auteur m'honore de pluſieurs éloges, & c'eſt aſſurément m'ouvrir une belle carriére. Mais il y a trop peu de proportion entre ces choſes : un ſilence reſpectueux ſur les objets de notre admiration, eſt ſouvent plus convenable, que des loüanges indiſcrettes. *

Mon diſcours, dit-on, a de quoi

* Tous les Princes, bons & mauvais, ſeront toûjours baſſement & indifféremment loüés, tant qu'il y aura des Courtiſans & des Gens de Lettres. Quant aux Princes qui ſont de grands Hommes, il leur faut des éloges plus modérés & mieux choiſis. La flaterie offenſe leur vertu, & la loüange même peut faire tort à leur gloire. Je ſçais bien, du moins, que Trajan ſeroit beaucoup plus grand à mes yeux, ſi Pline n'eût jamais écrit. Si Alexandre eût été en effet ce qu'il affectoit de paroître, il n'eût point ſongé à ſon portrait ni à ſa Statuë ; mais pour ſon Panégyrique, il n'eût permis qu'à un Lacédémonien de le faire, au riſque de n'en point avoir. Le ſeul éloge digne d'un Roy, eſt celui qui ſe fait entendre, non par la bouche mercénaire d'un Orateur, mais par la voix d'un Peuple libre.

furprendre; (*a*) il me femble que ceci demanderoit quelque éclairciffement. On eft encore furpris de le voir couronné; ce n'eft pourtant pas un prodige de voir couronner de médiocres écrits. Dans tout autre fens cette furprife feroit auffi honorable à l'Académie de Dijon, qu'injurieufe à l'intégrité des Académies en général; & il eft aifé de fentir combien j'en ferois le profit de ma caufe.

On me taxe par des Phrafes fort agréablement arrangées de contradiction entre ma conduite & ma

(*a*) C'eft de la queftion même qu'on pourroit être furpris: grande & belle queftion s'il en fût jamais, & qui pourra bien n'être pas fi-tôt renouvellée. L'Académie Françoife vient de propofer pour le prix d'éloquence de l'année 1752. un fujet fort femblable à celui-là. Il s'agit de foûtenir que l'*Amour des Lettres* infpire l'amour de la vertu. L'Académie n'a pas jugé à propos de laiffer un tel fujet en problème; & cette fage Compagnie a doublé dans cette occafion le tems qu'elle accordoit ci-devant aux Auteurs, même pour les fujets les plus difficiles.

doctrine ; on me reproche d'avoir cultivé moi - même les études que je condamne ; (*b*) puiſque la Science & la Vertu ſont incompatibles , comme on prétend que je m'efforce de le prouver , on me demande d'un ton aſſez preſſant comment j'oſe employer l'une en me déclarant pour l'autre.

Il y a beaucoup d'adreſſe à m'impliquer ainſi moi-même dans la queſtion ; cette perſonnalité ne peut manquer de jetter de l'embarras dans ma Réponſe , ou plutôt dans mes Réponſes ; car malheureuſement j'en ai plus

____

(*b*) Je ne ſçaurois me juſtifier , comme bien d'autres , ſur ce que notre éducation ne dépend point de nous , & qu'on ne nous conſulte pas pour nous empoiſonner : c'eſt de très-bon gré que je me ſuis jetté dans l'étude ; & c'eſt de meilleur cœur encore que je l'ai abandonnée , en m'appercevant du trouble qu'elle jettoit dans mon ame ſans aucun profit pour ma raiſon. Je ne veux plus d'un métier trompeur , où l'on croit beaucoup faire pour la ſageſſe , en faiſant tout pour la vanité.

d'une à faire. Tâchons du moins que la
juſteſſe y ſupplée à l'agrément.

1. Que la culture des Sciences cor-
rompe les mœurs d'une nation, c'eſt
ce que j'ai oſé ſoûtenir, c'eſt ce que
j'oſe croire avoir prouvé. Mais comment aurois-je pû dire que dans chaque Homme en particulier la Science
& la Vertu ſont incompatibles, moi
qui ai exhorté les Princes à appeller
les vrais Sçavans à leur Cour, & à
leur donner leur confiance, afin qu'on
voye une fois ce que peuvent la Science & la Vertu réunies pour le bonheur
du genre humain? Ces vrais Sçavans
ſont en petit nombre, je l'avoue; car
pour bien uſer de la Science, il faut
réunir de grands talens & de grandes
Vertus; or c'eſt ce qu'on peut à peine
eſpérer de quelques ames privilégiées,
mais qu'on ne doit point attendre de
tout un peuple. On ne ſçauroit donc

conclure de mes principes qu'un homme ne puisse être sçavant & vertueux
tout à la fois.

2. On pourroit encore moins me
presser personnellement par cette pré-
tenduë contradiction , quand même
elle existeroit réellement. J'adore la
Vertu, mon cœur me rend ce témoignage ; il me dit trop aussi , combien
il y a loin de cet amour à la pratique
qui fait l'homme vertueux ; d'ailleurs ,
je suis fort éloigné d'avoir de la Science, & plus encore d'en affecter. J'aurois crû que l'aveu ingénu que j'ai fait
au commencement de mon Discours
me garantiroit de cette imputation ,
je craignois bien plutôt qu'on ne m'ac-
cusât de juger des choses que je ne
connoissois pas. On sent assez combien
il m'étoit impossible d'éviter à la fois
ces deux reproches. Que sçais-je même , si l'on n'en viendroit point à les

réunir, si je ne me hâtois de passer con-
damnation sur celui-ci, quelque peu
mérité qu'il puisse être ?

3. Je pourrois rapporter à ce sujet , ce que disoient les Peres de l'E-
glise des Sciences mondaines qu'ils
méprisoient, & dont pourtant ils se
servoient pour combattre les Philosophes Payens. Je pourrois citer la com-
paraison qu'ils en faisoient avec les va-
ses des Egyptiens volés par les Israë-
lites : mais je me contenterai pour der-
niere Réponse , de proposer cette
question : Si quelqu'un venoit pour me
tuer & que j'eusse le bonheur de me
saisir de son arme, me seroit-il défendu,
avant que de la jetter , de m'en servir
pour le chasser de chez moi ?

Si la contradiction qu'on me reproche n'éxiste pas ; il n'est donc pas nécessaire de supposer que je n'ai voulu
que m'égaler sur un frivole paradoxe;

& cela me paroît d'autant moins né-
ceſſaire', que le ton que j'ai pris, quelque mauvais qu'il puiſſe être, n'eſt
pas du moins celui qu'on employe
dans les jeux d'eſprit.

Il eſt tems de finir ſur ce qui me
regarde : on ne gagne jamais rien à
parler de ſoi ; & c'eſt une indiſcrétion
que le Public pardonne difficilement,
même quand on y eſt forcé. La vérité
eſt ſi indépendante de ceux qui l'atta-
quent & de ceux qui la défendent, que
les Auteurs qui en diſputent devroient
bien s'oublier réciproquement ; cela
épargneroit beaucoup de papier &
d'encre. Mais cette régle ſi aiſée à pratiquer avec moi, ne l'eſt point du tout
vis-à-vis de mon Adverſaire ; & c'eſt
une différence qui n'eſt pas à l'avantage de ma réplique.

L'Auteur obſervant que j'attaque les
Sciences & les Arts, par leurs effets
ſur

fur les mœurs, employe pour me répondre le dénombrement des utilités
qu'on en retire dans tous les états ;
c'eft comme fi, pour juftifier un accufé,
on fe contentoit de prouver qu'il fe
porte fort bien, qu'il a beaucoup d'ha-
bileté, ou qu'il eft fort riche. Pourvû
qu'on m'accorde que les Arts & les
Sciences nous rendent malhonnêtes
gens, je ne difconviendrai pas qu'ils ne
nous foient d'ailleurs très-commodes ;
c'eft une conformité de plus qu'ils au-
ront avec la plûpart des vices.

L'Auteur va plus loin, & prétend encore que l'étude nous eft néceffaire
pour admirer les beautés de l'univers,
& que le fpectacle de la nature, expofé,
ce femble, aux yeux de tous pour l'inftruction des fimples, exige lui-même
beaucoup d'inftruction dans les Obfer-
vateurs pour en être apperçu. J'avoue
que cette propofition me furprend :

B

seroit-ce qu'il est ordonné à tous les
hommes d'être Philosophes ; ou qu'il
n'est ordonné qu'aux seuls Philosophes
de croire en Dieu ? L'Ecriture nous
exhorte en mille endroits d'adorer la
grandeur & la bonté de Dieu dans les
merveilles de ses œuvres ; je ne pense
pas qu'elle nous ait prescrit nulle part
d'étudier la Physique ; ni que l'Auteur
de la Nature soit moins bien adoré par
moi qui ne sçais rien, que par celui
qui connoît & le cédre, & l'hysope ;
& la trompe de la mouche, & celle
de l'Eléphant.

On croit toûjours avoir dit ce que
sont les Sciences, quand on a dit ce
qu'elles devroient faire. Cela me paroît pourtant fort différent. L'étude de
l'Univers devroit élever l'homme à
son Créateur ; je le sçais ; mais elle
n'éleve que la vanité humaine. Le Philosophe, qui la flate de pénétrer dans

les secrets de Dieu, ose associer sa
prétendue sagesse à la sagesse éternelle :
il approuve, il blâme, il corrige ; il
prescrit des loix à la nature, & des
bornes à la Divinité ; & tandis qu'occupé de ses vains systêmes, il se donne
mille peines pour arranger la machine
du monde ; le Laboureur qui voit la
pluye & le soleil tour à tour fertiliser
son champ, admire, loue & bénit la
main dont il reçoit ces graces, sans
se mêler de la maniére dont elles lui
parviennent. Il ne cherche point à jus-
tifier son ignorance ou ses vices par
son incrédulité. Il ne censure point
les œuvres de Dieu, & ne s'attaque
point à son maître, pour faire briller sa
suffisance. Jamais le mot impie d'Al-
phonse X. ne tombera dans l'esprit
d'un homme vulgaire ; c'est à une bouche sçavante que ce blasphême étoit
reservé.

La curioſité naturelle à l'homme, con-
tinuë-t'on, *lui inſpire l'envie d'apprendre.* Il devroit donc travailler à la con-
tenir, comme tous ſes penchans naturels. *Ses beſoins lui en font ſentir la néceſſité.* A bien des égards les connoiſ-
ſances ſont utiles; cependant les ſau-
vages ſont des hommes, & ne ſentent
point cette néceſſité là, *ſes emplois lui
en impoſent l'obligation.* Ils lui impoſent bien plus ſouvent celle de re-
noncer à l'étude pour vacquer à ſes
devoirs. (c). *Ses progrès lui en font
goûter le plaiſir.* C'eſt pour cela même
qu'il devroit s'en défier. *Ses premieres
découvertes augmentent l'avidité qu'il a
de ſçavoir.* Cela arrive en effet, à ceux
qui ont du talent. *Plus il connoît, plus*

___

(c) C'eſt une mauvaiſe marque pour une ſociété,
qu'il faille tant de Science dans ceux qui la con-
duiſent, ſi les hommes étoient ce qu'ils doivent être,
ils n'auroient guéres beſoin d'étudier pour apprendre les choſes qu'ils ont à faire.

il fent qu'il a de connoiffances à acquerir;
c'eft-à-dire, que l'ufage de tout le
tems qu'il perd, eft de l'exciter à en
perdre encore davantage : mais il n'y a
guéres qu'un petit nombre d'hommes
de génie en qui la vuë de leur ignorance fe développe en apprenant, &
c'eft pour eux feulement que l'étude
peut-être bonne : à peine les petits
efprits ont-ils appris quelque chofe
qu'ils croient tout fçavoir, & il n'y a
forte de fotife que cette perfuafion
ne leur faffe dire & faire. *Plus il a de
connoiffances acquifes, plus il a de facilité à
bien faire.* On voit qu'en parlant ainfi,
l'Auteur a bien plus confulté fon cœur
qu'il n'a obfervé les hommes.

Il avance encore, qu'il eft bon de connoître le mal pour apprendre à le fuir;
& il fait entendre qu'on ne peut s'affurer
de fa vertu qu'après l'avoir mife à l'é-
preuve. Ces maximes font au moins

douteuses & sujetes à bien des discussions: Il n'est pas certain que pour apprendre à bien faire, on soit obligé de sçavoir en combien de manières on peut faire le mal. Nous avons un guide intérieur, bien plus infaillible que tous les livres, & qui ne nous abandonne jamais dans le besoin. C'en seroit assez pour nous conduire innocemment, si nous voulions l'écouter toûjours; & comment seroit-on obligé d'éprouver ses forces pour s'assurer de sa vertu, si c'est un des exercices de la vertu de fuir les occasions du vice?

L'homme sage est continuellement sur ses gardes, & se défie toûjours de ses propres forces; il reserve tout son courage pour le besoin, & ne s'expose jamais mal-à-propos. Le fanfaron est celui qui se vante sans cesse de plus qu'il ne peut faire; & qui, après avoir bravé & insulté tout le monde, se laisse

battre à la premiere rencontre. Je demande, lequel de ces deux portraits
reſſemble le mieux à un Philoſophe
aux priſes avec ſes paſſions.

On me reproche d'avoir affecté de
prendre chez les anciens mes exemples
de vertu. Il y a bien de l'apparence que
j'en aurois trouvé encore davantage,
ſi j'avois pû remonter plus haut : j'ai
cité auſſi un peuple moderne, & ce
n'eſt pas ma faute, ſi je n'en ai trouvé qu'un. On me reproche encore
dans une maxime générale des paral-
leles odieux, où il entre, dit-on,
moins de zéle & d'équité que d'envie
contre mes compatriotes & d'humeur
contre mes contemporains. Cependant, perſonne, peut-être, n'aime autant que moi ſon pays & ſes compatriotes. Au ſurplus, je n'ai qu'un mot
à répondre. J'ai dit mes raiſons & ce
ſont elles qu'il faut peſer. Quant à mes

intentions, il en faut laisser le jugement à celui-là seul auquel il appar-
tient.

Je ne dois point passer ici sous silence
une objection considérable qui m'a
déja été faite par un Philosophe : *
N'est-ce point, me dit-on ici, *au climat,
au tempéramment, au manque d'occasion,
au défaut d'objet, à l'œconomie du gouvernement, aux Coûtumes, aux Loix,
à toute autre cause qu'aux Sciences
qu'on doit attribuer cette différence qu'on
remarque quelquefois dans les mœurs en
différens pays & en différens tems ?*

Cette question renferme de grandes
vuës & demanderoit des éclaircisse-
mens trop étendus pour convenir à cet
écrit. D'ailleurs, il s'agiroit d'examiner
les relations très-cachées, mais très-
réelles qui se trouvent entre la nature
du gouvernement, & le génie, les

Préf. de l'Encycl.

mœurs & les connoiffances des citoyens ; & ceci me jetteroit dans des
difcuffions délicates, qui me pourroient mener trop loin. De plus, il
me feroit bien difficile de parler de
gouvernement, fans donner trop beau
je à mon Adverfaire ; & tout bien
pefé, ce font des recherches bonnes
à faire à Genêve, & dans d'autres cir-
conftances.

Je paffe à une accufation bien plus
grave que l'objection précédente. Je
la tranfcrirai dans fes propres termes ;
car il eft important de la mettre fidé-
lement fous les yeux du Lecteur.

*Plus le Chrétien examine l'autenticité
de fes Titres, plus il fe raffure dans la poffeffion de fa croyance ; plus il étudie la revé-
lation, plus il fe fortifie dans la foi : C'eft
dans les divines Ecritures qu'il en découvre l'origine & l'excellence ; c'eft dans les
doctes écrits des Peres de l'Eglife, qu'il*

en ſuit de ſiècle en ſiècle le developpement ;
c'eſt dans les Livres de morale & les an-
nales ſaintes, qu'il en voit les exemples &
qu'il s'en fait l'application. .ob

Quoi ! l'ignorance enlevera à la Religion & à la vertu des appuis ſi puiſſans !
& ce ſera à elle qu'un Doćteur de Genève
enſeignera hautement qu'on doit l'irrégu-
larité des mœurs ! On s'étonneroit davantage d'entendre un ſi étrange paradoxe ;
ſi on ne ſçavoit que la ſingularité d'un ſyſtême, quelque dangereux qu'il ſoit, n'eſt
qu'une raiſon de plus pour qui n'a pour
régle que l'eſprit particulier.

J'oſe le demander à l'Auteur ; comment a-t'il pû jamais donner une pa-
reille interprétation aux principes que
j'ai établis ? Comment a-t'il pû m'ac-
cuſer de blâmer l'étude de la Religion,
moi qui blâme ſur-tout l'étude de nos
vaines Sciences, parce qu'élle nous
détourne de celle de nos devoirs ? &

qu'eſt-ce que l'étude des devoirs du Chrétien, ſinon celle de ſa Religion même?

Sans doute j'aurois dû blâmer ex-preſſément toutes ces puériles ſubtili-tés de la Scholaſtique, avec leſquelles, ſous prétexte d'éclaircir les principes de la Religion, on en anéantit l'eſ-prit, en ſubſtituant l'orgueil ſcientifi-que à l'humilité chrétienne. J'aurois dû m'élever avec plus de force contre ces Miniſtres indiſcrets, qui les pre-miers ont oſé porter les mains à l'Arche, pour étayer avec leur foible ſçavoir un édifice ſoûtenu par la main de Dieu. J'aurois dû m'indigner contre ces hom-mes frivoles, qui par leurs miſérables pointilleries, ont avili la ſublime ſim-plicité de l'Evangile, & réduit en ſyl-logiſmes la doctrine de Jeſus-Chriſt. Mais il s'agit aujourd'hui de me défen-dre, & non d'attaquer.

Je vois que c'est par l'histoire & les faits qu'il faudroit terminer cette dispute. Si je sçavois exposer en peu de mots ce que les Sciences & la Religion ont eu de commun dès le commencement, peut-être cela serviroit-il à décider la question sur ce point.

Le Peuple que Dieu s'étoit choisi, n'a jamais cultivé les Sciences, & on ne lui en a jamais conseillé l'étude ; cependant, si cette étude étoit bonne à quelque chose, il en auroit eu plus besoin qu'un autre. Au contraire, ses Chefs firent toûjours leurs efforts pour le tenir séparé autant qu'il étoit possible des Nations idolâtres & sçavantes qui l'environnoient. Précaution moins nécessaire pour lui d'un côté que de l'autre ; car ce Peuple foible & grossier, étoit bien plus aisé à séduire par les fourberies des Prêtres de Bahal, que par les Sophismes des Philosophes.

Après des difperfions fréquentes parmi les Egyptiens & les Grecs, la Science eut encore mille peines à germer dans les têtes des Hébreux. Jofeph & Philon, qui par tout ailleurs n'auroient été que deux hommes médiocres, furent des prodiges parmi eux. Les Saducéens, reconnoiffables à leur irréligion, furent les Philofophes de Jérufalem ; les Pharifiens, grands hipócrites, en furent les Docteurs. (*d*) Ceux-ci, quoi qu'ils bornaffent à peu près leur Science à l'étude

---

(*d*) On voyoit regner entre ces deux partis, cette haine & ce mépris réciproque qui regnerent de tous tems entre les Docteurs & les Philofophes ; c'eft-à-dire, entre ceux qui font de leur tête un répertoire de la Science d'autrui, & ceux qui fe piquent d'en avoir une à eux. Mettez aux prifes le maître de mufique & le maître à danfer du Bourgeois Gentilhomme, vous aurèz l'antiquaire & le bel efprit ; le Chymifte & l'Homme de Lettres ; le Jurifconfulte & le Médecin ; le Géometre & le Verfificateur ; le Théologien & le Philofophe ; pour bien juger de tous ces Gens-là, il fuffit de s'en rapporter à eux-mêmes, & d'écouter ce que chacun vous dit, non de foi, mais des autres.

de la Loi, faisoient cette étude avec
tout le faste & toute la suffisance dog-
matique; ils observoient aussi avec un
très-grand soin toutes les pratiques de
la Religion; mais l'Evangile nous apprend l'esprit de cette exactitude, &
le cas qu'il en faloit faire: au surplus,
ils avoient tous très-peu de Science
& beaucoup d'orgueil; & ce n'est pas
en cela qu'ils différoient le plus de nos
Docteurs d'aujourd'hui.

Dans l'établissement de la nouvelle
Loi, ce ne fut point à des Sçavans que
Jesus-Christ voulut confier sa doctrine
& son ministere. Il suivit dans son
choix la prédilection qu'il a montrée
en toute occasion pour les petits & les
simples. Et dans les instructions qu'il
donnoit à ses disciples, on ne voit pas
un mot d'étude ni de Science, si ce
n'est pour marquer le mépris qu'il fai-
soit de tout cela.

Après la mort de Jefus-Chrift, douze pauvres pêcheurs & artifans entreprirent d'inftruire & de convertir le monde. Leur méthode étoit fimple ; ils prêchoient fans Art, mais avec un cœur pénétré, & de tous les miracles dont Dieu honoroit leur fol ; le plus frappant étoit la fainteté de leur vie ; leurs difciples fuivirent cet exemple, & le fuccès fut prodigieux. Les Prêtres Payens allarmés firent entendre aux Princes que l'état étoit perdu parce que les offrandes diminuoient. Les perfécutions s'éleverent, & les perfécuteurs ne firent qu'accélerer les progrès de cette Religion qu'ils vouloient étouffer. Tous les Chrétiens couroient au martyre, tous les Peuples couroient au Baptême : l'hiftoire de ces premiers tems eft un prodige continuel.

Cependant les Prêtres des idoles, non contens de perfécuter les Chré-

tiens, se mirent à les calomnier; les
Philosophes, qui ne trouvoient pas leur
compte dans une Religion qui prêche
l'humilité, se joignirent à leurs Prêtres. Les railleries & les injures pleu-
voient de toutes parts sur la nouvelle
Secte. Il falut prendre la plume pour
se défendre. Saint Justin Martyr (*e*)

(*e*) Ces premiers écrivains qui scelloient de leur
sang le témoignage de leur plume, seroient aujour-
d'hui des Auteurs bien scandaleux; car ils soûte-
noient précisément le même sentiment que moi.
Saint Justin dans son entretien avec Triphon, passe
en revuë les diverses Sectes de Philosophie dont il
avoit autrefois essayé, & les rend si ridicules qu'on
croiroit lire un Dialogue de Lucien: aussi voit-on
dans l'Apologie de Tertullien, combien les premiers
Chrétiens se tenoient offensés d'être pris pour des
Philosophes.

Ce seroit, en effet, un détail bien flétrissant pour
la Philosophie, que l'exposition des maximes per-
nicieuses, & des dogmes impies de ses diverses Sectes.
Les Epicuriens nioient toute providence, les Aca-
démiciens doutoient de l'existence de la Divinité, &
les Stoïciens de l'immortalité de l'ame. Les Sectes
moins célebres n'avoient pas de meilleurs sentimens;
en voici un échantillon dans ceux de Théodore,
chef d'une des deux branches des Cyrenaïques, rap-
porté par Diogéne Laerce. *Sustulit amicitiam quòd
ea neque insipientibus neque sapientibus adsit. ... Pro-
babile dicebat prudentem virum non seipsum pro patriâ*
écrivit

écrivit le premier l'Apologie de sa foi.

periculis exponere , neque enim pro insipientium com-
modis amittendam esse prudentiam. Furto quoque &
adulterio & sacrilegio cum tempestivum erit daturum
operam sapientem. Nihil quippe horum turpe naturâ
esse. Sed auferatur de hisce vulgaris opinio , quæ à
stultorum imperitorumque plebeculâ conflata est. . . .sa-
pientem publicè absque ullo pudore ac suspicione scortis
congressurum.

Ces opinions font particulieres, je le fçais ; mais
y a-t'il une feule de toutes les Sectes qui ne foit
tombée dans quelque erreur dangereuse ; & que di-
rons-nous de la diftinction des deux doctrines fi
avidement reçuë de tous les Philofophes, & par la-
quelle ils profeffoient en fecret des fentimens contraires à ceux qu'ils enfeignoient publiquement ?
Pythagore fut le premier qui fit ufage de la doctrine intérieure ; il ne la découvroit à fes difciples
qu'après de longues épreuves & avec le plus grand
myftere ; il leur donnoit en fecret des leçons d'A-
théifme, & offroit folemnellement des Hécatom-
bes à Jupiter. Les Philofophes fe trouverent fi bien
de cette méthode, qu'elle fe répandit rapidement dans
la Grece, & de-là dans Rome ; comme on le voit
par les ouvrages de Ciceron, qui fe moquoit avec
fes amis des Dieux immortels, qu'il atteftoit avec
tant d'emphafe fur la Tribune aux harangues.

La doctrine intérieure n'a point été portée d'Europe à la Chine ; mais elle y eft née auffi avec la
Philofophie ; & c'eft à elle que les Chinois font re-
devables de cette foule d'Athées ou de Philofophes
qu'ils ont parmi eux. L'Hiftoire de cette fatale doctrine , faite par un homme inftruit & fincére, feroit
un terrible coup porté à la Philofophie ancienne
& moderne. Mais la Philofophie bravera toûjours
la raifon, la vérité, & le tems même ; parce qu'elle

C

On attaqua les Payens à leur tour ; les
attaquer c'étoit les vaincre ; les premiers succès encouragerent d'autres
écrivains : fous prétexte d'exposer la
turpitude du Paganifme, on fe jetta
dans la mythologie & dans l'érudition ; (*f*) on voulut montrer de la Science & du bel efprit, les Livres paru-
rent en foule, & les mœurs commen-
cerent à fe relâcher.

Bien-tôt on ne fe contenta plus de
la fimplicité de l'Evangile & de la foi
des Apôtres, il falut toûjours avoir
plus d'efprit que fes prédéceffeurs.
On fubtilifa fur tous les dogmes ; chacun voulut foûtenir fon opinion, pet-
a fa fource dans l'orgüeil humain, plus fort que
toutes ces chofes.

(*f*) On a fait de juftes reproches à Clément d'A-
léxandrie, d'avoir affecté dans fes écrits une érudition profane, peu convenable à un Chrétien. Cependant, il femble qu'on étoit excufable alors de
s'inftruire de la doctrine contre laquelle on avoit
à fe défendre. Mais qui pourroit voir fans rire toutes les pe nçs que fe donnent aujourd'hui nos Sçavans pour éclaircir les rêveries de la mythologie ?

fonne ne voulut céder. L'ambition d'ê-
tre Chef de Secte fe fit entendre, les
hérésies pullulerent de toutes parts.

L'emportement & la violence ne
tarderent pas à fe joindre à la difpute.
Ces Chrétiens fi doux, qui ne fçavoient
que tendre la gorge aux coûteaux, de-
vinrent entr'eux des perfécuteurs fu-
rieux pires que les idolâtres: tous trem-
perent dans les mêmes excès, & le
parti de la vérité ne fut pas foûtenu
avec plus de modération que celui de
l'erreur.

Un autre mal encore plus dangereux naquit de la même fource. C'eft
l'introduction de l'ancienne Philofophie dans la doctrine Chrétienne. A
force d'étudier les Philofophes Grecs,
on crut y voir des rapports avec le
Chriftianifme. On ofa croire que la
Religion en deviendroit plus refpecta-
ble, revêtuë de l'autorité de la Philo-

ſophie ; il fut un tems où il faloit être
Platonicien pour être Orthodoxe ; &
peu s'en falut que Platon d'abord, &
enſuite Ariſtote ne fut placé ſur l'Au-
tel à côté de Jeſus-Chriſt.

L'Egliſe s'éleva plus d'une fois contre ces abus. Ses plus illuſtres défen-
ſeurs les déplorerent ſouvent en termes pleins de force & d'énergie : ſouvent ils tenterent d'en bannir toute
cette Science mondaine, qui en ſouil-
loit la pureté. Un des plus illuſtres
Papes en vint même juſqu'à cet excès
de zéle de ſoûtenir que c'étoit une
choſe honteuſe d'aſſervir la parole de
Dieu aux régles de la Grammaire.

Mais ils eurent beau crier ; entraî-
nés par le torrent, ils furent contraints
de ſe conformer eux-mêmes à l'uſage
qu'ils condamnoient ; & ce fut d'une
maniére très ſçavante, que la plûpart
d'entre eux déclamerent contre le progrès des Sciences.

'Après de longues agitations, les choses prirent enfin une affiete plus fixe. Vers le dixiéme fiécle, le flam-beau des Sciences ceffa d'éclairer la terre ; le Clergé demeura plongé dans une ignorance, que je ne veux pas juf-tifier, puifqu'elle ne tomboit pas moins fur les chofes qu'il doit fçavoir que fur celles qui lui font inutiles, mais à la-quelle l'Eglife gagna du moins un peu plus de repos qu'elle n'en avoit éprou-vé jufques-là.

Après la renaiffance des Lettres, les divifions ne tarderent pas à recom-mencer plus terribles que jamais. De fçavans Hommes émurent la querelle, de fçavans Hommes la foûtinrent, & les plus capables fe montrerent toû-jours les plus obftinés. C'eft en vain qu'on établit des conférences entre les Docteurs des différens partis : aucun n'y portoit l'amour de la réconcilia-

C iij

tion, ni peut-être celui de la vérité ; tous n'y portoient que le déſir de
briller aux dépens de leur Adverſaire ;
chacun vouloit vaincre, nul ne vouloit s'inſtruire ; le plus fort impoſoit
ſilence au plus foible ; la diſpute ſe
terminoit toûjours par des injures, &
la perſécution en a toûjours été le fruit.
Dieu ſeul ſçait quand tous ces maux
finiront.

Les Sciences ſont floriſſantes aujour-
d'hui, la Littérature & les Arts brillent
parmi nous ; quel profit en a tiré la Religion ? Demandons-le à cette multi-
tude de Philoſophes qui ſe piquent de
n'en point avoir. Nos Bibliothéques
regorgent de Livres de Théologie ; &
les Caſuiſtes fourmillent parmi nous.
Autrefois nous avions des Saints &
point de Caſuiſtes. La Science s'étend
& la foi s'anéantit. Tout le monde veut
enſeigner à bien faire, & perſonne ne

veut l'apprendre ; nous sommes tous
devenus Docteurs, & nous avons cessé
d'être Chrétiens.

Non, ce n'est point avec tant d'Art
& d'appareil que l'Evangile s'est éten-
du par tout l'Univers, & que sa beauté
ravissante a pénétré les cœurs. Ce di-
vin Livre, le seul nécessaire à un Chrétien, & le plus utile de tous à quicon-
que même ne le seroit pas, n'a besoin
que d'être médité pour porter dans
l'ame l'amour de son Auteur, & la vo-
lonté d'accomplir ses préceptes. Jamais la vertu n'a parlé un si doux langage ; jamais la plus profonde sagesse ne
s'est exprimée avec tant d'énergie & de
simplicité. On n'en quitte point la lecture sans se sentir meilleur qu'aupara-
vant. O vous, Ministres de la Loi qui m'y
est annoncée, donnez-vous moins de
peine pour m'instruire de tant de choses inutiles. Laissez-là tous ces Livres

Sçavans, qui ne fçavent ni me convaincre, ni me toucher. Profternez-vous au pied de ce Dieu de miféricorde, que vous vous chargez de me faire connoître & aimer ; demandez-lui pour vous cette humilité profonde que vous devez me prêcher. N'étalez point à mes yeux cette Science orgueilleufe, ni ce fafte indécent qui vous déshonorent & qui me révoltent ; foyez touchés vous-mêmes, fi vous voulez que je le fois ; & fur tout, montrez-moi dans votre conduite la pratique de cette Loi dont vous prétendez m'inftruire. Vous n'avez pas befoin d'en fçavoir, ni de m'en enfeigner davantage, & votre miniftere eft accompli. Il n'eft point en tout cela queftion de belles Lettres, ni de Philofophie. C'eft ainfi qu'il convient de fuivre & de prêcher l'Evangile, & c'eft ainfi que fes premiers défenfeurs

l'ont fait triompher de toutes les Nations, *non Ariflotelico more*, difoient
les Peres de l'Eglife, *fed Pifcatorio.*

Je fens que je deviens long, mais
j'ai crû ne pouvoir me difpenfer de
m'étendre un peu fur un point de l'im-
portance de celui-ci. De plus, les Lec-
teurs impatiens doivent faire réfléxion
que c'eft une chofe bien commode que
la critique; car où l'on attaque avec
un mot, il faut des pages pour fe défendre.

Je paffe à la deuxiéme partie de la
Réponfe, fur laquelle je tâcherai d'ê-
tre plus court, quoique je n'y trouve
guéres moins d'obfervations à faire.

Ce n'eft pas des Sciences, me dit-on,
*c'eft du fein des richeffes que font nés de
tout tems la moleffe & le luxe.* Je n'avois
pas dit non plus, que le luxe fut né des
Sciences; mais qu'ils étoient nés en-
femble & que l'un n'alloit guéres fans

l'autre, Voici comment j'arrangerois
cette généalogie. La première source
du mal est l'inégalité ; de l'inégalité
sont venuës les richesses ; car ces mots
de pauvre & de riche sont relatifs, &
par tout où les hommes seront égaux,
il n'y aura ni riches ni pauvres. Des
richesses sont nés le luxe & l'oisiveté ;
du luxe sont venus les beaux Arts, &
de l'oisiveté les Sciences. *Dans aucun*
tems les richesses n'ont été l'appanage des
Sçavans. C'est en cela même que le
mal est plus grand, les riches & les
sçavans ne servent qu'à se corrompre
mutuellement. Si les riches étoient
plus sçavans, ou que les sçavans
fussent plus riches ; les uns seroient de
moins lâches flateurs ; les autres aime-
roient moins la basse flaterie, & tous
en vaudroient mieux. C'est ce qui peut
se voir par le petit nombre de ceux
qui ont le bonheur d'être sçavans &

riches tout à la fois. *Pour un Platon dans l'opulence, pour un Aristippe accrédité à la Cour, combien de Philosophes réduits au manteau & à la besace, enveloppés dans leur propre vertu & ignorés dans leur solitude?* Je ne disconviens pas qu'il n'y ait un grand nombre de Philosophes très - pauvres, & sûrement très-fâchés de l'être! je ne doute pas non plus que ce ne soit à leur seule pauvreté, que la plûpart d'entre eux doivent leur Philosophie : mais quand je voudrois bien les supposer vertueux, seroit-ce sur leurs mœurs que le peuple ne voit point, qu'il apprendroit à réformer les siennes? *Les Sçavans n'ont ni le goût, ni le loisir d'amasser de grands biens.* Je consens à croire qu'ils n'en ont pas le loisir. *Ils aiment l'étude.* Celui qui n'aimeroit pas son métier, seroit un homme bien fou, ou bien misérable. *Ils vivent dans la médiocrité* ; il faut

être, extrêmement disposé en leur fa‑
veur pour leur en faire un mérite. *Une*
vie laborieuse & modérée, passée dans le
silence de la retraite, occupée de la lecture
& du travail, n'est pas assurément une
vie voluptueuse & criminelle. Non pas
du moins aux yeux des hommes : tout
dépend de l'intérieur. Un homme peut-
être contraint à mener une telle vie,
& avoir pourtant l'ame très‑corrom‑
puë ; d'ailleurs qu'importe qu'il soit lui‑
même vertueux & modeste, si les tra‑
vaux dont il s'occupe, nourrissent l'oi‑
siveté & gâtent l'esprit de ses conci‑
toyens ? *Les commodités de la vie pour*
être souvent le fruit des Arts, n'en sont
pas davantage le partage des Artistes. Il
ne me paroît guéres qu'ils soient gens
à se les refuser ; sur tout ceux qui s'oc‑
cupant d'Arts tout‑à‑fait inutiles & par
conséquent très‑lucratifs, sont plus
en état de se procurer tout ce qu'ils

deſirent. *Ils ne travaillent que pour les*
riches. Au train que prennent les choſes, je ne ſerois pas étonné de voir
quelque jour les riches travailler pour
eux. *Et ce ſont les riches oiſifs qui pro-*
fitent & abuſent des fruits de leur induſ-
trie. Encore une fois, je ne vois point
que nos Artiſtes ſoient des gens ſi ſim-
ples & ſi modeſtes; le luxe ne ſçauroit
regner dans un ordre de Citoyens, qu'il
ne ſe gliſſe bien-tôt parmi tous les autres ſous différentes modifications, &
par tout il fait le même ravage.

Le luxe corrompt tout; & le riche
qui en joüit, & le miſérable qui le con-
voite. On ne ſçauroit dire que ce
ſoit un mal en ſoi de porter des man-
chetes de point, un habit brodé, &
une boëte émaillée. Mais c'en eſt un
très-grand de faire quelque cas de ces
colifichets, d'eſtimer heureux le peuple qui les porte, & de conſacrer à ſe

mettre en état d'en acquérir de fem=
blables , un tems & des foins que tout
homme doit à de plus nobles objets.
Je n'ai pas befoin d'apprendre quel eft
le métier de celui qui s'occupe de
telles vuës , pour fçavoir le jugement
que je dois porter de lui.

J'ai paffé le beau portrait qu'on nous
fait ici des Sçavans , & je crois pouvoir me faire un mérite de cette com-
plaifance. Mon Adverfaire eft moins
indulgent : non-feulement il ne m'accorde rien qu'il puiffe me refufer ;
mais plutôt que de paffer condamna-
tion fur le mal que je penfe de notre
vaine & fauffe politeffe , il aime mieux
excufer l'hypocrifie. Il me demande fi
je voudrois que le vice fe montrât à
découvert ? Affurément je le voudrois.
La confiance & l'eftime renaîtroient entre les bons , on apprendroit à fe défier
des méchans, & la fociété en feroit plus

sûre. J'aime mieux que mon ennemi m'attaque à force ouverte, que de venir en trahison me frapper par derriére. Quol donc! faudra-t'il joindre le scandale au crime? Je ne sçais; mais je voudrois bien qu'on n'y joignît pas la fourberie. C'est une chose très commode pour les vicieux que toutes les maximes qu'on nous débite depuis long-tems sur le scandale: si on les vouloit suivre à la rigueur, il faudroit se laisser piller, trahir, tuer impuné-ment & ne jamais punir personne; car c'est un objet très-scandaleux, qu'un scelerat sur la roüe. Mais l'hypocrisie est un hommage que le vice rend à la vertu? Oui, comme celui des assassins de César, qui se prosternoit à ses pieds pour l'égorger plus sûrement. Cette pensée a beau être brillante, elle a beau être autorisée du nom célébre de son Auteur, elle n'en est pas

plus jufte. Dira-t'on jamais d'un filou,
qui prend la livrée d'une maifon pour
faire fon coup plus commodément,
qu'il rend hommage au maître de la
maifon qu'il vole ? Non, couvrir fa
méchanceté du dangereux manteau
de l'hypocrifie, ce n'eft point honorer
la vertu ; c'eft l'outrager en profanant
fes enfeignes ; c'eft ajoûter la lâcheté
& la fourberie à tous les autres vices ;
c'eft fe fermer pour jamais tout retour
vers la probité. Il y a des caractéres
élevés qui portent jufques dans le
crime je ne fçai quoi de fier & de gé-
néreux, qui laiffe voir au dedans encore
quelque étincelle de ce feu célefte fait
pour animer les belles ames. Mais l'a-
me vile & rempante de l'hypocrite eft
femblable à un cadavre, où l'on ne
trouve plus ni feu, ni chaleur, ni ref-
fource à la vie. J'en appelle à l'expé-
rience. On a vû de grands fcélerats

rentrer

rentrer en eux-mêmes , achever fain-
tement leur carrière & mourir en pré-
deſtinés. Mais ce que perſonne n'a jamais vû, c'eſt un hypocrite devenir
homme de bien; on auroit pû raiſon-
nablement tenter la converſion de Car-
touche, jamais un homme ſage n'eut
entrepris celle de Cromwel.

. J'ai attribué au rétabliſſement des
Lettres & des Arts, l'élégance & la
politeſſe qui regnent dans nos maniè-
rès. L'Auteur de la Réponſe me le
diſpute, & j'en ſuis étonné : car puiſ-
qu'il fait tant de cas de la politeſſe, &
qu'il fait tant de cas des Sciences, je
n'apperçois pas l'avantage qui lui re-
viendra d'ôter à l'une de ces choſes
l'honneur d'avoir produit l'autre. Mais
examinons ſes preuves: elles ſe rédui-
ſent à ceci. *On ne voit point que les Sça-*
vans ſoient plus polis que les autres hom-
mes ; au contraire, ils le ſont ſouvent

D

beaucoup moins ; donc notre politeſſe n'eſt
pas ſ'ouvrage des Sciences.

Je remarquerai d'abord qu'il s'agit
moins ici de Sciences que de Littérature, de beaux Arts & d'ouvrages de
goût ; & nós beaux eſprits, auſſi peu
Sçavans qu'on voudra, mais ſi polis,
ſi répandus, ſi brillans, ſi petits maîtres, ſe reconnoîtront difficilement à
l'air mauſſade & pédanteſque que l'Auteur de la Réponſe leur veut donner.
Mais paſſons-lui cet antécédent ; ac-
cordons, s'il le faut, que les Sçavans,
les Poëtes & les beaux eſprits ſont tous
également ridicules ; que Meſſieurs de
l'Académie des Belles-Lettres, Meſſieurs de l'Académie des Sciences,
Meſſieurs de l'Académie Françoiſe,
ſont des gens groſſiers, qui ne con-
noiſſent ni le ton, ni les uſages du
monde, & exclus par état de la bonne
compagnie ; l'Auteur gagnera peu de

chofe à cela , & n'en fera pas plus en droit de nier que la politeſſe & l'urbanité qui regnent parmi nous ſoient l'effet du bon goût , puiſé d'abord chez les anciens & répandu parmi les peuples de l'Europe par les Livres agréables qu'on y publie de toutes parts. (g) Comme les meilleurs maîtres à danſer , ne ſont pas toûjours les gens qui ſe préſentent le mieux, on péut donner

(g) Quand il eſt queſtion d'objets auſſi généraux que les mœurs & les manières d'un peuple , il faut prendre garde de ne pas toûjours retrécir ſes vûes , ſur des exemples particuliers. Ce ſeroit le moyen de ne jamais appercevoir les ſources des choſes. Pour ſçavoir ſi j'ai raiſon l'attribuer la politeſſe à la culture des Lettres, il ne faut pas chercher ſi un Sçavant ou un autre ſont des gens polis ; mais il faut examiner les rapports qui peuvent être entre la littérature & la politeſſe, & voir enſuite quels ſont les peuples chez leſquels ces choſes ſe ſont trouvées réunies ou ſéparées. J'en dis autant du luxe, de la liberté , & de toutes les autres choſes qui influent ſur les mœurs d'une Nation , & ſur leſquelles j'entens faire chaque jour tant de pitoyables raiſonnemens : Examiner tout cela en petit & ſur quelques individus, ce n'eſt pas Philoſopher, c'eſt perdre ſon tems & ſes réflexions ; car on peut connoître à fond Pierre ou Jacques, & avoir fait très-peu de progrès dans la connoiſſance des hommes.

D ij

de très-bonnes leçons de politeſſe ;
ſans vouloir ou pouvoir être ſort poli
ſoi-même. Ces peſans Commentateurs
qu'on nous dit qui connoiſſoient tout
dans les anciens, hors la grace & la
fineſſe, n'ont pas laiſſé, par leurs ouvrages utiles, quoique méprifés, de
nous apprendre à ſentir ces beautés
qu'ils ne ſentoient point. Il en eſt de
même de cet agrément du commerce,
& de cette élégance de mœurs qu'on
ſubſtituë à leur pureté, & qui s'eſt
fait remarquer chez tous les peuples
où les Lettres ont été en honneur ; à
Athénes, à Rome, à la Chine, par
tout on a vû la politeſſe & du langage
& des maniéres accompagner toûjours, non les Sçavans & les Artiſtes,
mais les Sciences & les beaux Arts.

L'Auteur attaque en ſuite les loüanges que j'ai données à l'ignorance : &
me taxant d'avoir parlé plus en Ora-

teur qu'en Philosophe, il peint l'ignorance à son tour ; & l'on peut bien se
douter qu'il ne lui prête pas de belles
couleurs.

Je ne nie point qu'il ait raison, mais
je ne crois pas avoir tort. Il ne faut
qu'une distinction très-juste & très-
vraie pour nous concilier.

Il y a une ignorance féroce (*h*) &
brutale, qui nait d'un mauvais cœur
& d'un esprit faux ; une ignorance criminelle qui s'étend jusqu'aux devoirs
de l'humanité ; qui multiplie les vices ;
qui dégrade la raison, avilit l'ame &

(*h*) Je serai fort étonné, si quelqu'un de mes cri-
tiques ne part de l'éloge que j'ai fait de plusieurs
peuples ignorans & vertueux, pour m'opposer la
liste de toutes les troupes de Brigands qui ont
infecté la terre, & qui pour l'ordinaire n'étoient
pas de fort Sçavans hommes. Je les exhorte d'a-
vance, à ne pas se fatiguer à cette recherche, à
moins qu'ils ne l'estiment nécessaire pour montrer
de l'érudition. Si j'avois dit qu'il suffit d'être igno-
rant pour être vertueux ; ce ne seroit pas la peine
de me répondre ; & par la même raison, je me
croirai très-dispensé de répondre moi-même à ceux
qui perdront leur tems à me soûtenir le contraire.

D iij

rend les hommes semblables aux bêtes : cette ignorance est celle que
l'Auteur attaque , & dont il fait un
portrait fort odieux & fort ressemblant.
Il y a une autre sorte d'ignorance rai-
sonnable, qui consiste à borner sa curiosité à l'étenduë des facultés qu'on a
reçuës ; une ignorance modeste, qui
naît d'un vif amour pour la vertu, &
n'inspire qu'indifférence sur toutes les
choses qui ne sont point dignes de
remplir le cœur de l'homme, & qui
ne contribuent point à le rendre meilleur ; une douce & précieuse ignorance , trésor d'une ame pure & con-
tente de soi, qui met toute sa félicité
à se replier sur elle-même , à se rendre
témoignage de son innocence , & n'a
pas besoin de chercher un faux & vain
bonheur dans l'opinion que les autres
pourroient avoir de ses lumiéres : Voilà
l'ignorance que j'ai louée , & celle que

je demande au Ciel en punition du
ſcandale que j'ai cauſé aux doctes, par
mon mépris déclaré pour les Sciences
humaines.

Que l'on compare, dit l'Auteur, *à
ces tems d'ignorance & de barbarie, ces
ſiécles heureux où les Sciences ont répandu
par tout l'eſprit d'ordre & de juſtice.* Ces
ſiécles heureux ſeront difficiles à trouver; mais on en trouvera plus aiſé-
ment où, grace aux Sciences, *Ordre* &
Juſtice ne ſeront plus que de vains
noms faits pour en impoſer au peuple,
& où l'apparence en aura été conſervée
avec ſoin, pour les détruire en effet
plus impunément. *On voit de nos jours
des guerres moins fréquentes, mais plus
juſtes;* en quelque tems que ce ſoit,
comment la guerre pourra-t'elle être
plus juſte dans l'un des partis, ſans être
plus injuſte dans l'autre? Je ne ſçaurois
concevoir cela! *Des actions moins éton-*

D iv

nantes, mais plus héroïques. Perſonne
aſſûrement ne diſputera à mon Adverſaire le droit de juger de l'héroïſme;
mais penſe-t'il que ce qui n'eſt point
étonnant pour lui , ne le ſoit pas
pour nous ? *Des victoires moins ſan-*
glantes , mais plus glorieuſes ; des Con-
quêtes moins rapides , mais plus aſſu-
rées ; des guerriers moins violens , mais
plus redoutés ; ſçachant vaincre avec
modération , traitant les vaincus avec
humanité ; l'honneur eſt leur guide , la
gloire leur récompenſe. Je ne nie point
à l'Auteur qu'il y ait de grands hommes parmi nous, il lui ſeroit trop aiſé
d'en fournir la preuve; ce qui n'em-
pêche point que les peuples ne ſoient
très-corrompus. Au reſte, ces choſes
ſont ſi vagues qu'on pourroit preſque
les dire de tous les âges; & il eſt impoſſible d'y répondre , parce qu'il faudroit feuilleter des Bibliothéques &

faire des infolio pour établir des preuves pour ou contre.

Quand Socrate a maltraité les Sciences, il n'a pû, ce me semble, avoir en
vuë, ni l'orgueil des Stoïciens, ni la
mollesse des Epicuriens, ni l'absurde
jargon des Pyrrhoniens, parce qu'aucun de tous ces gens-là n'existoit de
son tems. Mais ce léger anacronisme
n'est point messéant à mon Adversaire :
il a mieux employé sa vie qu'à véri-
fier des dates, & n'est pas plus obligé
de sçavoir par cœur son Diogene-
Laërce, que moi d'avoir vû de près ce
qui se passe dans les combats.

Je conviens donc, que Socrate n'a
songé qu'à relever les vices des Philosophes de son tems : mais je ne sçais
qu'en conclure, sinon que dès ce tems-
là les vices pulluloient avec les Philosophes. A cela on me répond que
c'est l'abus de la Philosophie, & je ne

penſe pas avoir dit le contraire. Quoi !
faut-il donc ſupprimer toutes les choſes dont on abuſe ? Oüi ſans doute ,
répondrai - je ſans balancer : toutes
celles qui ſont inutiles ; toutes celles
dont l'abus fait plus de mal que leur
uſage ne fait de bien.

Arrêtons-nous un inſtant ſur cette
derniére conſéquence , & gardons-
nous d'en conclure qu'il faille aujour-
d'hui brûler toutes les Bibliothéques
& détruire les Univerſités & les Académies. Nous ne ferions que replon-
ger l'Europe dans la Barbarie , & les
mœurs ni gagneroient rien.* C'eſt avec
douleur que je vais prononcer une
grande & fatale vérité. Il n'y a qu'un
pas du ſçavoir à l'ignorance ; & l'al-

---

* *Les vices nous reſteroient*, dit le Philoſophe
que j'ai déja cité, & *nous aurions l'ignorance de
plus.* Dans le peu de lignes que cet Auteur a écri-
tes ſur ce grand ſujet, on voit qu'il a tourné les
yeux de ce côté, & qu'il a vû loin.

ternative de l'un à l'autre eſt fré-
quente chez les Nations ; mais on n'a
jamais vû de peuple une fois cor-
rompu, revenir à la vertu. En vain vous
prétendriez détruire les ſources du
mal ; en vain vous ôteriez les alimens
de la vanité, de l'oiſiveté & du luxe ;
en vain même vous ramèneriez les
hommes à cette première égalité, con-
ſervatrice de l'innocence & ſource de
toute vertu : leurs cœurs une fois gâ-
tés le ſeront toûjours ; il n'y a plus de
reméde, à moins de quelque grande
révolution preſque auſſi à craindre que
le mal qu'elle pourroit guérir, & qu'il
eſt blâmable de déſirer & impoſſible
de prévoir.

Laiſſons donc les Sciences & les
Arts adoucir en quelque ſorte la fé-
rocité des hommes qu'ils ont corrom-
pus ; cherchons à faire une diverſion
ſage, & tâchons de donner le change

à leurs paſſions. Offrons quelques alimens à ces Tygres, afin qu'ils ne de-
vorent pas nos enfans. Les lumiéres
du méchant ſont encore moins à craindre que ſa brutale ſtupidité; elles le
rendent au moins plus circonſpeƈt ſur
le mal qu'il pourroit faire, par la connoiſſance de celui qu'il en recevroit
lui-même.

J'ai loüé les Académies & leurs illuſtres fondateurs, & j'en répéterai
volontiers l'éloge. Quand le mal eſt
incurable, le Médecin applique des
palliatifs, & proportionne les remédes,
moins aux beſoins qu'au tempéramment du malade. C'eſt aux ſages lé-
giſlateurs d'imiter ſa prudence; &, ne
pouvant plus approprier aux Peuples
malades, la plus excellente police,
de leur donner du moins, comme So-
lon, la meilleure qu'ils puiſſent com-
porter.

Il y a en Europe un grand Prince ,
& ce qui eſt bien plus, un vertueux
Citoyen , qui dans la patrie qu'il a
adoptée & qu'il rend heureuſe , vient
de former pluſieurs inſtitutions en faveur des Lettres. Il a fait en cela
une choſe très-digne de ſa ſageſſe &
de ſa vertu. Quand il eſt queſtion d'é-
tabliſſement politiques , c'eſt le tems
& le lieu qui décident de tout. Il faut
pour leurs propres intérêts que les
Princes favoriſent toûjours les Sciences & les Arts ; j'en ai dit la raiſon :
& dans l'état préſent des choſes, il faut
encore qu'ils les favoriſent aujourd'hui
pour l'intérêt même des Peuples. S'il
y avoit actuellement parmi nous quelque Monarque aſſez borné pour pen-
ſer & agir différemment, ſes ſujets reſteroient pauvres & ignorans, & n'en
ſeroient pas moins vicieux. Mon Adverſaire a négligé de tirer avantage

d'un exemple fi frappant & fi favora-
ble en apparence à fa caufe ; peut-être
eft-il le feul qui l'ignore, ou qui n'y ait
pas fongé. Qu'il fouffre donc qu'on le
lui rappelle ; qu'il ne refufe point à de
grandes chofes les éloges qui leur
font dûs ; qu'il les admire ainfi que
nous, & ne s'en tienne pas plus fort
contre les vérités qu'il attaque.

F I N.

www.ingramcontent.com/pod-product-compliance
Lightning Source LLC
Chambersburg PA
CBHW060435260626
47161CB00005B/1942